ELOGIO DESCRIPTIVO

Juan Ruiz de Alarcón

Águila, a su esplendor no se deslumbra
Al espléndido trono fija atento
Aquí de Ampudia el advertido Conde
Aquí la águila regia, aquí el segundo
Aún no la planta se ocultó postrera
Blasones aclamó del Almirante
Candores brilla, si entre auroras puede
Carlos le sigue; de su bruto alado
Clara familia infante el grave paso
Con relámpagos siete, ardiente rayo
Cordobés rucio entiende el pensamiento
cuando el aplauso roba cortesano
Cuando la puerta que antes el Oriente
Cuanto su vista el ánimo suspende
Cuatro veces en giros diferentes
De Córdoba al clarín tiembla la tierra
De éste, pues, héroe, visitó la arena
Del alto trono el trono mismo alcanza
De las escuadras diez que ya leales
Del carro de la noche se desata
De un bizarro alazán la espalda oprime
Doce enfrenados montes, que de Ociro
Ébano y oro dividiendo hermosa
El gallardo Guzmán, el fiel Acates
El lusitano Mora, que dilata
Emula de la pompa lusitana
En él dio fin la ostentación faustosa
En medio de su curso impele al viento
En torno lustra la cuadrada arena
Era del año la estación ardiente
Festivo, si marcial, suena inflamado
Grave se mueve el uno y otro plaustro
Hasta que ya interpuestos los ancianos
Jerarquía gentil de semidiosas
La lealtad puede tanto, tanto puede
Largo escuadrón, al resonar del viento
Los aplausos prorrumpen alegría
Los que a la pluma truecan ya la espada

Los tafetanes, rasos, terciopelos
Madrid entonces a Madrid presenta
Mas, ¿para qué, Señor, tan cuidado
Mendozas dos un cuarto son planeta
Mientras la admiración avara atiende
Mientras, seguido de su hueste hermosa
Mi pluma llega de volar cansada
Movibles selvas, fuentes racionales
No callan, a los cielos atrevidas
No opuesto el Duque, no; (correspondiente
No tanto entre topacios y jacintos
Ocupa el real trono, eminente
¡Oh, Carlos!, perdonad, que, deslumbrado
Pagó el postrero universal tributo
Portátil basa que, a sus pies rendida
Pueblo de famas es el ordenado
Rápido rucio es rayo arrebatado
Rayo es del sol, si puede serlo alguno
Rosas Gales vertiendo y azucenas
Segunda vez Bucéfalo espumoso
Segunda vez de mílite extranjero
Siguen sus huellas, en ornato iguales
Silencio imprime cuando acorde suena
Solicitó el segundo con ligera
Su campo ostenta el de Austria, y el de Cea
Sus huellas borra y borra su memoria
Terliz purpúreo, que, de Arabia el oro
Toledo el quinto, quinto ya Mavorte
Tuba sonante la atención incita
Tudesca hueste herrado fresno esgrime
Vuelve el caballo el Rey, y, acompañando
Ya el Duque, pues, que en los pasados giros
Ya tiembla el turco, ya se turba el medo

Quien yerra obedeciendo, no desmerece errando. En esta confianza se atreve este papel a las manos de Vuestra Excelencia, y en ésa no teme a las demás. Guarde nuestro Señor a Vuestra Excelencia.

El licenciado don Juan Ruiz de Alarcón y Mendoza.

- I –

Mientras la admiración avara
atiende
a tanta majestad, a tanta pompa,
el vuelo, ¡oh, fama!, con la voz suspende,
porque, informada bien, silencios rompa.
No encarecida la verdad aprende,
que no mendiga aumentos de tu trompa ;
ministrará mi numerosa Clío
lengua a tu aliento y ley a tu albedrío .

Era del año la estación ardiente;
daba a Febo el León último hospicio,
del alto cielo al húmedo Occidente
su carro amenazaba el precipicio ;
la turba inferior , y la eminente
nobleza, o por su sangre, o su ejercicio ,
de la Corte de España concurría,
y, de su circo, anfiteatro hacía .

- III –

Los tafetanes, rasos,
terciopelos,
telas, tabís , damascos y brocados
edificios mentían, si eran velos
en consonancia hermosa variados .
Daban ventaja a su esplendor los cielos,
cuanta soberbia a su color los prados ,
y la inquietud del pueblo y el ruido
sobraban a la vista y al oído ;

cuando el aplauso roba cortesano
de diosas dos la adoración humana:
esta Juno del Jove castellano,
del anglo Endimión esta Diana.
Coro de ninfas las emula en vano ,
si su hermosura puede soberana,
ausentes estas dos deidades bellas,
acreditar de soles sus estrellas .

Grave se mueve el uno y otro
plaustro
de cielo, con razón presuntuoso,
hasta la línea en que su breve claustro ,
lo que negó envidiado, da envidioso;
rosada y blanca ostenta, opuesto al austro ,
dos bellas albas un Oriente hermoso,
porque a Filipo y Carlos precursoras,
pues son dos soles, nazcan dos auroras .

Jerarquía gentil de semidiosas,
obsequio ilustre de sus Majestades,
cuando de propios rayos luminosas,
reflejos gozan de sus dos deidades ;
vivos claveles, animadas rosas,
componen de vistosas variedades
bellezas que las alas solicitan
dar al amor, que a la esperanza quitan .

- VII -
Candores brilla, si entre auroras
puede ,
del cielo de Austria el esplendor tercero ,
que, si no las compite, no les cede ;
si ellas auroras son, él es lucero ;
pimpollo tierno, a quien la edad concede
maduro fruto en su verdor primero ;
Antistes en Toledo vigilante,
Príncipe en Roma, y, en Castilla, Infante .

- VIII -
Rosas Gales vertiendo y azucenas,
si la sed de su amor en la tardanza
del merecido premio sufre pena,
glorias bebe en la vista su esperanza;
duro en medio metal finge cadenas ,
por quien Tántalo preso el bien no alcanza;
y, cuando en fiestas uno y otro polo
se alegra de su gloria, pena él solo .

- VIII -

- IX -

Al espléndido trono fija atento,
ávida vista, el pueblo circunstante ,
cuando se ve ilustrar el firmamento
de nueva luz, de sol más radiante .
¡El Rey!, turbada mano, flaco aliento,
antes que rudo escriba, antes que cante
poco canoro Majestad tan suma,
¡Oh!, pídele perdón, ¡Oh, voz y pluma!

- X -

No tanto entre topacios y
jacintos
se oculta al hijo hermoso de Latona ,
cuando los rayos de su luz distintos
esparcen oro a la elevada zona ;
alba que de confusos laberintos,
de estrellas fugitivas, se corona;
cuántas postró Filipo majestades,
eclipsó luces, humanó deidades .

Ocupa el real trono, eminente
solio , del de Arctus a la mano diestra .
Si su genio, si el signo su ascendente
predice efectos y verdades muestra,
del quinto Carlos Fénix renascente,
cuanto en el nombre en la marcial palestra ,
que al sol hesperio en luces emulara,
a no vencerle a rayos su tiara .

Águila, a su esplendor no se
deslumbra;
salamandra, a su fuego no se abrasa ,
aquel que digno a su favor encumbra
mérito, propio ya, ya de su Casa ;
polo constante a la región que alumbra,
al orbe que gobierna, firme basa ;
por cuyo sabio y religioso celo
es Anglia España, y es España cielo .

- XIII -

Del alto trono el trono mismo alcanza
el árctico Almirante , que merece
quien del huésped inglés ha la privanza ;
con propias partes y adquiridas crece ;
su verde ornato explica la esperanza
del bien futuro que a su patria ofrece,
siendo al principio de esta unión tercero ,
siendo, al deseo de este fin, primero .

Tudesca hueste herrado fresno
esgrime
en la plebeya turba resistente ,
que al escarmiento de sus golpes gime,
sin que al gemido de ellos escarmiente;
mas, tanto su furor al fin la oprime,
que, atropellada en fuga diligente,
imita por las puertas el gentío
rápido curso de inundante río .

Movibles selvas, fuentes
racionales,
en orden bañan el espacio enjuto,
formando con sus húmedos raudales
caracteres que borre el marcial bruto .
Mas ya en festivos cóncavos metales
(porque unión tan feliz con su tributo
ayude a celebrar cada elemento),
antes que cese el agua, suena el viento .

- XVI -

Pueblo de famas es el ordenado

escuadrón de rubíes numeroso ,
de cuya mano o pecho es inspirado
uno y otro instrumento sonoroso;
diez veces quince son los que en ornado
bruto el término atruenan espacioso ;
y aún no tanto clarín y tanta trompa
es voz bastante a la futura pompa .

Clara familia infante el grave
paso
circundante repite , honora atenta,
del que, si presto volara Pegaso ,
ahora tardo Majestad ostenta .
El rubio que el Oriente , el que el ocaso
cándido pecho rinde, le acrecienta;
rayos sí, mas no fuego al ardimiento;
sosiego, no opresión al movimiento .

- XVIII -

Terliz purpúreo, que, de Arabia
el oro ,
dosel del solio imperial guarnece ;
si del rico jaez niega el tesoro,
satisface la injuria en el que ofrece;
en medio el nombre regio, a quien el moro
adusto, el escita helado , se estremece ;
el oro cifra, y cándidos retrata
los rayos de sus sienes rica plata .

Siguen sus huellas, en ornato
iguales,
cincuenta y nueve agravios del primero ,
cuyos retratos son las celestiales
alas del carro del mayor lucero ;
en plata y nácar luce de reales
ministros pueblo, cuyo lisonjero
culto el alarde irracional venera
por sacro altar de la deidad que espera .

Portátil basa que, a sus pies
rendida ,
escala sirva al Rey para el estribo,
en los hombros se mueve sostenida
de cuatro copias de granate vivo.
Velo sutil de púrpura tejida,
cielo avariento, oculta el leño altivo ,
porque nadie presuma, en los despojos,
donde su Alteza el pie, poner los ojos .

- XX -

Doce enfrenados montes, que de
Ociro
son y el tardo animal (mestizo parto)
hijas , conducen de Ladón al tiro,
que ha de atreverlas al planeta cuarto .
Metal de Ofir en múrice de Tiro
presta aljaba a las flechas, que del parto
honrosas han de ser al arco afrentas,
de la mano partiendo más violentas .

En torno lustra la cuadrada arena
el concertado alarde en lento paso ,
y en orden de sus rayos la enajena
la puerta, que al Oriente les da ocaso ;
suspensa está en la admiración la pena
de la ocultada pompa, que el Parnaso
en vano musas a alabarla ofrece;
alábela el callar, que no enmudece .

Madrid entonces a Madrid presenta
cuatro sonantes bronces , y del fruto
del azahar sobre el color ostenta
cándidas venas de oriental tributo ;
ricos jaeces veintidós sustenta,
número igual de beticano bruto,
por quien su timbre más presuntuoso
cambiar pudiera ya en caballo el oso .

- XXIV -

Sus huellas borra y borra su
memoria ,
de cuatro voces de metal guiado,
el escuadrón, que la segunda gloria
da de Berganza al término cercado ;
la plata ofrece letras a su historia
en piel bermeja que el león le ha dado ,
siendo rubís , zafiros y esmeraldas
treinta envidias al sol en treinta espaldas .

Emula de la pompa lusitana ,
después que al bronce el viento se estremece ,
provincia de vasallos castellana
del más claro Mendoza (resplandece;
blanco tesoro de espelunca indiana
la oscura tela esconde, no guarnece ,
con cuarenta caballos en que admiro
la razón de ventaja a los de Epiro .

- XXVI –

Ya tiembla el turco, ya se turba
el medo ,
que el clarín hiere el elemento raro ,
y del color de que se viste el miedo ,
y el blanco amor del insaciable avaro ,
el ejército marcha del Toledo ;
claro en la paz, cuanto en la guerra claro;
su valor muestra en solos veinte frenos ,
porque para vencer le bastan menos.

Tuba sonante la atención incita
al escuadrón, ya racional, ya bruto ,
del nombre lusitano , que acredita
de enamorado humor el tinto fruto ;
fecunda de jazmín la planta imita
sobre el color de abril indio tributo ;
y en sus caballos treinta y dos podía
matar la sed la avara hidropesía .

- XXVIII -

Festivo, si marcial, suena
inflamado
metal de cuatro alientos , que repite
el nombre de Tifeo respetado,
temido del esposo de Anfitrite ;
el Almirante , término cifrado,
que cuantas glorias a la voz permite
la lisonja mayor, cuantas la pluma
mendaz amplía, verdadero suma .

De éste, pues, héroe, visitó la
arena
copioso pueblo , que en la tela oscura
rayos borda del sol , furias enfrena,
ornadas treinta y dos de plata pura;
y diez el oro en dilatada vena
cubre desde la espalda a la herradura,
tanto, que es de ellos cada cual juzgado,
no dorado animal, oro animado .

- XXX -

Largo escuadrón, al resonar del
viento,
de Italia muestra el español Atlante ;
el oro en blanca tela es elemento
que puebla oscura fiera sibilante ;
hijos del Betis la mitad de ciento
oprime triplicada turba infante ,
poca opresión a su soberbia furia,
a su humilde obediencia mucha injuria .

De Córdoba al clarín tiembla la
tierra ,
que el son conoce de su heroico abuelo ;
blanco tesoro de las Indias hierra (
sobre el color que el mar presta a su velo ;
dos veces doce a la fingida guerra
marchan caballos tales, que, si el suelo
saben con hierro penetrar sus huellas,
sus espaldas con oro las estrellas.

- XXXII –

Silencio imprime cuando acorde
suena
último coro de metal dorado ,
que la gloria de Sando da a la arena
pródigo alarde en orden dilatado ;
de lirio azul y cándida azucena ,
mayo es agosto , y la palestra es prado,
grande aparato al mundo, si pequeño
a publicar grandezas de su dueño .

Cuanto su vista el ánimo suspende,
su aplauso más la suspensión dilata ;
cuanto la admiración los labios prende,
tanto en más libres voces los desata;
Telus se oprime, cuando el sol se ofende
al peso y luz de perlas, oro y plata,
que a veinticuatro sillas prestan velos
que vientos cubren, que descubren cielos .

- XXXIV -

En él dio fin la ostentación
faustosa ;
y, aunque el postrero a la estacada llega,
estancia ocupa a todos ventajosa,
pues del alfa del Rey es él omega .
Columnas a la fiesta suntuosa
de Alcides son sus pompas , con que niega
el paso a la esperanza, hasta que el mundo
al cuarto César deba el plus segundo .

- XXXV -

Aún no la planta se ocultó
postrera,
aún no el encomio sucedió a la gloria,
cuando bicorne mugiente fiera
hurta el pasado fausto a la memoria .
De fugitiva discurrió ligera,
previniendo su instinto que a la historia
de tan dichosa unión no dé la mano
sólo una letra de licor humano .

Aquí la águila regia, aquí el
segundo
de Austria león, de España aquí el Atlante ,
para mostrarse en nuevo Oriente al mundo,
de su esplendor lo privan fulminante ;
bien que la noche al centro más profundo,
y más alta región tan radiante,
lució de estrellas , que la idolatría
le dio holocausto en el altar del día.

Pagó el postrero universal
tributo
el toro al filo del metal templado ,
cuando en nácar y plata, en vez del luto
que debe a sus exequias , adornado
tríyugo impulso de valiente bruto
del circo ausenta el bulto inanimado,
por quien no vino a ser menos festivo
su rapto muerto que su curso vivo .

Solicitó el segundo con ligera
hendida planta en círculos el coso ;
segundo a Europa engaño ser pudiera,
no menos que por manso, por hermoso .
En fieras ocho no se vio una fiera,
auspicio claro, indicio venturoso,
de que fue providencia soberana
tanta conforme contingencia humana .

- XXXIX –

Segunda vez de mílite extranjero
huye ofendida la confusa plebe ;
segunda vez de bosque lisonjero
nube inundante en las arenas llueve ;
porque segunda vez al hemisferio
de trompas el ejército se atreve,
altivas tanto más cuanto a su asiento ,
por precursor del Rey, se humilla el viento .

- XL -

Los que a la pluma truecan ya la
espada
(injuria de la edad), uno Mejía,
otro Girón , ilustran la estacada
en gallardo animal de Andalucía .
Para correr Filipo en su embajada
por la licencia de Isabel envía
que al sol para salir no ha sido ahora
la vez primera que la dio la aurora .

Cuando la puerta que antes el Oriente
saluda de la luz que borda el día ,
del español Titán se vio luciente,
que a pesar de la tarde amanecía ;
en uno y otro aplauso de la gente ,
vencida la atención de la alegría,
bien que en confusa voz, el regocijo
"¡Filipo!", repitió; "¡Filipo!", dijo.

- XLII -

De un bizarro alazán la espalda oprime,
que fogoso los vientos amenaza,
sin desmentir, si fatigado gime,
del céfiro andaluz la noble raza.
Apenas toca el pie, menos imprime,
su breve huella en la espaciosa plaza,
dándole, si lo ajusta o si le bate,
el freno ley, impulso el acicate .

- XLIII -

Carlos le sigue; de su bruto
alado
la planta iguala mal el pensamiento,
pues, aunque de su imperio moderado,
deja sin plumas y sin alma el viento;
menos eran veloces los que al Pado
joven precipitó del alto asiento ;
que ellos bajaron, por volar, al suelo,
y éste penetra, por correr, el cielo .

Rayo es del sol, si puede serlo
alguno,
la oliva , a cuya ley la militante
señal obedeciendo de Neptuno ,
a Palas otra vez hace triunfante.
Sigue Carpio , gentil cuanto ninguno,
la luz del sol hermana , y arrogante
blasona que a la luna de su espejo
pueda ser sombra , cuando no reflejo .

- XLV -

Ébano y oro dividiendo hermosa
línea de plata en animados vientos
galas prestó a Madrid, que en la gloriosa
mentida oposición a los violentos
estrépitos de Marte, victoriosa,
de su motor siguió los movimientos;
siendo, pues, luz vecina al sol, mostraba
nube, que su esplendor reverberaba .

- XLVI -

Con relámpagos siete, ardiente
rayo,
aumentó a la palestra luz suave
Eduardo el regio ; y del festivo ensayo
se argumentaba en él lo horrendo y grave,
multiplicado en ocho abriles mayo;
y en alazanes ocho se vio una ave,
y, si en lo rubio el dios que nació en Delo ,
en lo blanco y azul volaba el cielo.

Mendozas dos un cuarto son
planeta,
pues siendo Faetón uno, y otro Apolo,
con arrogancia agora más discreta,
el hijo unido al padre alumbra el polo;
cabello blanco en negra piel perfecta
dan consonancia en dos partos de Eolo ,
que ligeros, conformes y lucidos
muestran que al carro van del sol uncidos .

- XLVIII -

Toledo el quinto, quinto ya
Mavorte ,
aunque hoy su edad es freno de su ira,
dando a un rucio la rienda, si a la Corte
un instante se muestra, un siglo admira;
según le iguala su veloz consorte ,
la blanca pluma o la emplumada vira
de dos es una y uno el movimiento,
y ambas espumas que arrebata el viento.

- XLIX -

El lusitano Mora, que dilata
Indias de Portugal hasta Castilla ,
entre esmeralda , entre topacio y plata,
claro lucero de su hueste brilla ;
tanto le imitan todos, que retrata
cualquiera de ellos a todos, en la silla
tan diestros todos, que común el lauro
hizo creíble un alazán centauro .

- L -

Los aplausos prorrumpen alegría,
porque el Neptuno de Castilla viene,
que en los pies de un morcillo desafía
las alas del que dio nombre a Hipocrene .
El oro que llovió en su luz el día
lo oscuro esparce de la noch e, y tiene
tal gala , uniendo extremos y colores,
que de sombras se viste y resplandores .

Blasones aclamó del Almirante
el mundo en una voz, no lisonjera;
llegó su nombre a la opresión de Atlante,
transcendiendo una esfera y otra esfera.
No tuvo más de vida que un instante
el bello tramontar de su carrera,
y en él, arrebatando corazones ,
áncoras dio por timbre a sus leones .

Del carro de la noche se desata
veloz caballo, vegetado monte,
roca en su oscura cumbre de oro y plata;
penetra Monterrey nuevo horizonte.
Plumosa selva en la inquietud retrata,
si, en la color, las ondas de Aqueronte ,
y en la velocidad, puesto que negra,
ira de Jove fulminada en Flegra.

- LIII -

Cordobés rucio entiende el
pensamiento
del que a su patria nombre dio lozano ,
y, hurtando el pie su ligereza al viento ,
borra envidioso estampas de la mano;
o ya el fértil de plumas elemento ,
negro blasón del bárbaro africano,
talares le calzó, porque en su vuelo
presuma él de Mercurio y él de cielo .

Mi pluma llega de volar cansada,
tanta, siguiendo, tan veloz carrera,
para que, en propio espíritu fiada,
volar intente igual con la postrera;
postrera, que ha de ser paragonada,
siendo al círculo fin, con la primera.
Dadme, pues, un aliento, ¡Oh, musas nueve!,
si a tanta empresa vuestra voz se atreve.

- LV -

Rápido rucio es rayo arrebatado
que expira llamas cuando vientos bebe ;
alas le presta el peso, y, obligado,
pagan los pies lo que la espalda debe;
a laurear el pueblo aficionado
al Duque Sandoval las voces mueve;
pero, ¿qué la afición , si el hondo abismo
dejó la envidia para hacer lo mismo?

Segunda vez Bucéfalo espumoso
del cristiano Alejandro a la carrera
fatiga el pie, por no dejar quejoso
un ángulo del circo en otra esfera ;
segunda vez le sigue el numeroso
campo ecuestre , y le sigue la tercera,
que dio por más vecina al francés norte ,
solsticio al sol de la española Corte.

De las escuadras diez que ya
leales
siguieron a su Rey, las cinco en esto
obedientes también campos iguales
van a formar al sitio contrapuesto ;
mas, cuando el sol de claros Sandovales
ocho rayos conduce al otro puesto,
tan juntos van, que, hiriendo las regiones,
rompe un aplauso en mil admiraciones .

- LVIII -

La caña empuña el Rey, la adarga
embraza,
la espuela aplica a otro león bermejo ,
y el occidente de la hermosa plaza
de nuevo ilustra su oriental reflejo .
Juntando la piedad a la amenaza,
de Marte es vivo y Júpiter espejo,
uno que fresno belicoso esgrime ,
otro que rayo fulminante oprime .

No opuesto el Duque, no;
(correspondiente
imitador; émulo no) se muestra
con la adarga y la caña en rucio ardiente
a la oriental región de la palestra ;
ya se ven los dos campos frente a frente,
y la blanca señal , que mano diestra
de dos Mercurios ha de dar al viento,
uno y otro caudillo aguarda atento .

Tremola apenas el delgado lino ,
cuando los dos hermosos escuadrones
la caña blanden, émula del pino,
por diversas del círculo regiones ,
hasta que en tortuosos cursos vino
a verse junta de los dos Fitones
una y otra cabeza, cuya furia
del primero en el sol vengó la injuria.

- LXI –

Aquí de Ampudia el advertido
Conde
(si bien no mendigó de la advertencia
tan natural acción) la caña esconde,
y al Rey da, en vez de adarga, la obediencia ;
con no corresponder le corresponde,
funda en no competir la competencia,
teniendo en ella su lealtad por gloria,
que el vencimiento venza a la victoria.

Cuatro veces en giros diferentes
las ecuestres legiones se avecinan,
y los del Duque tantas obedientes
la inerme lanza con la frente inclinan ;
cesa la escaramuza, y los valientes
ya divisos ejércitos caminan
al puesto en que la paz que goza España
ha de mentir el dardo con la caña .

- LXIII -

Su campo ostenta el de Austria, y
el de Cea
su escuadra muestra; el mundo se suspende,
cuando tejida nieve lisonjea
el viento mismo que agitada hiende .
El hipogrifo regio , que desea
glorias al dueño , con volar pretende
que no impriman sus pies al leño vano
menos violencia que del Rey la mano .

- LXIV –

En medio de su curso impele al
viento
el joven brazo la minante vira ,
mayor de los cíclopas escarmiento
que las que a Febo ministró la ira .
El provocado campo, en movimiento
lustrando circular, tan diestro gira,
que en su alazán -errada la sentencia-
se juzgó instinto lo que fue obediencia .

- LXV -

Vuelve el caballo el Rey, y,
acompañando
de los ojos la espalda, al mundo muestra
que es sol , que es luz esférica, y, cambiando
los oficios las manos, en la diestra
pone el gobierno de las riendas, cuando,
abreviado en la adarga la siniestra,
lo esconde tanto que a la perla imita
que aún la nativa inculta concha habita .

Mas, ¿para qué, Señor, tan
cuidado,
si para ostentación menor sobrara?
que a vuestra adarga rinde el dios armado ,
por más diestro, el escudo y la tiara;
tanto que en vos el mérito agraviado
del poder, a poder lo renunciara,
porque se viera que es vuestra persona
única adulación a su Corona .

Ya el Duque, pues, que en los
pasados giros
se ufanó de rendirse al encontraros ,
por serviros os sigue, por seguiros
vuela, os quiere alcanzar por alcanzaros .
Si caña lleva, os juzga Amor , y tiros
contra sí mismo intenta ministraros
(si no puede ser más de lo que es vuestro),
porque ocioso no esté brazo tan diestro .

- LXVIII –

La lealtad puede tanto, tanto
puede
el respeto en su sangre generosa,
que ni la ley de la ficción concede
al brazo una amenaza mentirosa .
Ya de vuestro alazán al curso cede,
y la que no os sirvió, poco dichosa
caña, hacia atrás del brazo humilde vuela;
tanto distó de que hacia vos la impela .

- LXIX –

¡Oh, Carlos!, perdonad, que,
deslumbrado
al sol que aún os deslumbra a vos, no os veía ,
cuando en otro alazán tan semejado
al luminar mayor de tanto día,
dais luz, que ni la vista ni el cuidado
a sutil diferencia os distinguía,
y juzga cuando os ve que en el reflejo
mira al mismo Filipo de un espejo .

- LXX -

El gallardo Guzmán, el fiel
Acates
del que es al Tibre más piadoso Eneas ,
en lanza, adarga, riendas y acicates
vence del pensamiento las ideas;
cuatro veces por turno los combates
el Rey repite, y tantas semideas,
que, huyendo, al dios del campo enmudecieron,
huyendo al Rey de España, hablar supieron.

No callan, a los cielos atrevidas,
las (408) que la mano disparó violenta
del Infante español; que en ser oídas ,
y vistas no, su furia se argumenta .
Más pública temió el rústico Midas
de su justo suplicio aquí la afrenta,
cuanto inmóviles las otras murmuraban.
Y éstas, volando esferas, voces daban.

Hasta que ya interpuestos los
ancianos ,
terceros de la paz , los escuadrones
cesan de competir, y a ser ufanos
obsequios van al Rey ; que las regiones
dos veces discurriendo con humanos
ojos de la palestra, aclamaciones
concitó tan gloriosas su alabanza,
que alcanzará cuanto la edad alcanza.

- LXXIII -

Mientras, seguido de su hueste
hermosa,
glorias esparce a la arenosa esfera ,
en pie le guarda su adorada esposa ,
que igualmente lo adora y lo venera;
con la acción misma la majestuosa
real copia honorándole le espera .
Púsose al fin el sol, y, en sombras frías,
término fue una noche a muchos días .